U0460938

聆听格桑花开

王晓军 著

北方联合出版传媒(集团)股份有限公司
春风文艺出版社
·沈阳·

图书在版编目（CIP）数据

聆听格桑花开 / 王晓军著. —沈阳：春风文艺出版社，2018.6（2021.1重印）
ISBN 978 - 7 - 5313 - 5477 - 2

Ⅰ. ①聆… Ⅱ. ①王… Ⅲ. ①抒情诗 — 诗集 — 中国 — 当代 Ⅳ. ①I227.2

中国版本图书馆CIP数据核字（2018）第082256号

北方联合出版传媒（集团）股份有限公司
春风文艺出版社出版发行
http://www. chunfengwenyi. com
沈阳市和平区十一纬路25号　邮编：110003
永清县晔盛亚胶印有限公司印刷

责任编辑：姚宏越		封面设计：马寄萍	
责任校对：潘晓春		幅面尺寸：134mm × 207mm	
字　　数：80千字		印　　张：4.375	
版　　次：2018年6月第1版		印　　次：2021年1月第2次	
书　　号：ISBN 978-7-5313-5477-2			
定　　价：55.00元			

自序

2013 年，我到藏北一个偏远小乡村调研，看到一个不足三岁的小女孩在草地上玩耍，她地道的藏族装束，那么天真可爱，我情不自禁地举起了手中的相机。她旁若无人地和草地上的蚂蚁一起玩，不时地咧开嘴甜甜地笑。结果，她一不小心把蚂蚁驱散了，正当她抓起四散奔跑的蚂蚁时，她的阿妈走了过来，严厉地要求这个小女孩给蚂蚁道歉。这个小女孩趴在地上，认认真真地向蚂蚁道了歉。我看着她迷惑不解闪烁的大眼睛，看着那些微不足道的小生命，心被突然重重地击了一下，我的眼睛湿润了。

晚上，一位藏族阿爸送我回驻村点。平坦的草原没有一点坑坑洼洼，他却打着手电，走得很慢，不停地看着脚下。我问他："你在找什么?"他认真地告诉我："晚上，有好多小虫都出来找吃的，我怕踩到它们哪。"

这些故事如果别人讲给我听，我也是难以置信的。但是，你如果走进西藏，了解西藏，就会知道淳朴善良的藏民就是这样，带着一颗热爱生活、尊重自然的心灵，度过每日。每次我走进牧区，走进那些淳朴的藏民中间，虽然素不相识，但他们都会尽其所能，把最好的东西拿给我吃，把最好的地方腾给我住，却从来分文不取，不求回报。我力所能及地给他们做点事时，他们就会把额头轻轻地贴在我的手背上，用这种最高的礼节感激我，用吐舌头的方式祝福我。在西藏那曲地区援藏期间，我无时无刻不被这些触动心灵的故事感动。

有朋友问我：你为什么如此地热爱西藏？我想说，可能是源自我与西藏的一见钟情，也可能是我多看了她一眼，西藏就悄然走进了我的心灵。其实，人和人之间，文化和文化之间，民族和民族之间，永远都是被爱牵连着，只要彼此走近，那些触动你我的故事就会成全另一个全新的自我。

在牧场，热情的牧人常常邀请我和他一起吃午餐，这种真诚的邀请我从不拒绝。他们会把酥油倒进随身带的一个皮囊里，伸手把酥油和青稞粉搓捏后，把捏出的第一块糌粑恭敬地递到我手里。我们盘腿而坐，用糌粑就着酥油茶，就着草原的风，就着草原的沙，醇香的味道就能飘满整个草原。在成百上千只牛羊中间，在一望无际的蓝天白云下，一种纯净的、自然的感情你是无法控制的，即使不会写诗，文字也会从我心田中喷涌而出。于是，我把阵阵喷涌而出的激情，伴随着我对西藏风景背后的感悟，这些凌乱的文字、浅薄的认知、朦胧的感悟，轻轻打包，用我笨拙的手，在西藏捏出我的第一块糌粑——《聆听格桑花开》。

《聆听格桑花开》这一块糌粑，虽然做工粗糙，但饱含了我对西藏所有的真爱，真得就像那个向蚂蚁道歉的小女孩一样，纯洁无瑕；爱得就像夜间打手电怕踩到小生命的藏族老人那样，对微不足道的小生命一样呵护和尊重。

《聆听格桑花开》这块刚刚捏出来的糌粑，我想敬送给来过西藏的朋友品尝，希望能勾起你曾经在西藏美好的回忆，在共鸣中感悟这片纯净的天堂。我想敬送给没有来过西藏的朋友品尝，希望牵着你梦中的衣裳，填饱你充满渴望的饥肠，感受诗和远方。我想敬送给所有喜欢西藏和爱着西藏的朋友品尝，让我们的心和我的诗一起聚会：或坐在拉萨光明巷的茶馆里，品那浓浓的甜茶；或坐在玛吉阿米小屋的阁楼里，静静地眺望布达拉；或坐在纳木错湖边的夜空里，陶醉于漫天星海；或坐在古格王朝的城郭边，静静聆听格桑花开……让我们一起品着这块粗糙的糌粑，一起看西藏风景背后的风景，一起品西藏背后的西藏。

2018年4月28日
西藏那曲地区行署·辽宁公寓

目录

布达拉宫

这里
红山之上
曾是精心建造的婚房
唐朝公主
那不是普通的爱
999间宫殿是对你爱的表白

这里
拉萨之巅
红宫白宫屹立千年
风雨沧桑
那不是普通的楼阁
每一块砖瓦都让人崇拜仰望

这里
红白之间
历代修行的大师
真身不倒
那不是普通的雕像
每份功德都刻在信徒心上

这里
天地轮回
诵读的每篇经文

大爱祈福
那不是普通的诵读
是用心和梵音把天籁唱响

这里
尘世之上
开启心灵之窗
金色佛顶
那不是普通的太阳
每一次叩拜都是沐浴心的阳光

这里星
辰变换
洁白的哈达飘舞了万年
蓝天白云
那不是喇嘛的佛衣
六道轮回修得来世圆满

布达拉宫：位于西藏拉萨市西北角玛布日山上，始建于公元7世纪，是藏王松赞干布为远嫁西藏的唐朝文成公主而建。在拉萨海拔3700多米的红山上建造了999间房屋的宫宇。宫堡依山而建，现占地41万平方米，建筑面积13万平方米，宫体主楼13层，高117.19米，全部为石木结构，是藏族古建筑艺术的精华，被誉为高原圣殿。

玛吉阿米

那一刻
偶然相遇
两颗滚烫的心就怦然撞击
天荒地老
我一颗纯真的心交给了你

那一刹
相握的手
注定刀山火海我也不怕惧
海枯石烂
对你的爱会至死不渝

那一次
燃烧的心
没有融化雪上你留的足迹
铁棒喇嘛
酷刑休想动摇爱你的根基

那一回
握别的手
竟是你我天堂人间的绝期
余热的吻
那是你给我最后一丝印记

那一夜
不躲不避
无数皮鞭拷打我瘦弱身躯
仓央嘉措
滴滴鲜血都是爱你的证据

那一天
洁白哈达
却在我脖子上紧紧地勒起
面向金顶
除非死我绝不和你生别离

那一月
魂在你心
你为了我把金冠重重抛弃
此情不弃
让我在遥遥天堂感动不已

那一季
短暂甜蜜
你我跳舞的光脚踩着荆棘
滴血的心
注定开始便是落幕的悲剧

那一生
一句佛号
你我的爱被生生切割分离
莲花菩提

爱一时却不让我一世爱你

那一世
须弥山巅
希望万人礼佛的王不是你
玛吉阿米
我还在玛吉阿米小屋等你

玛吉阿米：仓央嘉措诗中的藏文"玛吉阿米"的意思是："玛吉"为未生或未染，可理解为圣洁、无瑕、纯真；"阿米"是"阿妈"的介词形式，原意为母亲。在藏族人的审美观中，母亲是女性美的化身，母亲身上浓缩了女人内在外在所有的美。因此"玛吉阿米"的含义可解读为：圣洁的母亲、纯洁的少女、未嫁的姑娘等等。玛吉阿米餐厅，是坐落在西藏拉萨市八廓街的东南角，是以尼泊尔、印度等国家以及西藏风味为主的餐厅。传说，当年仓央嘉措与玛吉阿米幽会的地方，正是玛吉阿米所在的土黄色小楼。

大昭寺

尺尊公主
扔进湖里那枚戒指
激起了浪花朵朵
若隐若现的幻影
在金色的佛光中
呈现了九层白塔一座

明镜的湖面
没有清风微波
罗刹女美丽的面纱
却暗藏阴险和邪恶
她想把罪孽悄无声息嫁祸
这一切被文成公主明眼识破

传说不只是一个传说
上千只驮土的白羊
身影还在朱砂红墙上闪烁
撒在湖中每一包圣土
把魔女心脏紧紧压缩
一座镇魔的宫殿从此巍峨

释迦牟尼
大昭寺稳稳地静坐
清净还给一个世界

佛光洒进每个人心窝
前仆后继的长头
用身体一起一落向你诉说

相隔万水千山
朝拜的道路不会被阻隔
双手叩拜苍凉山
额头亲吻广袤河
大昭寺盏盏佛灯闪烁
黑夜里方向也不会迷惑

磨光了的青石板上
用虔诚把信仰镌刻
香烟缭绕的佛前
用善行把善心打磨
佛祖金身耀眼的光芒
融化朝佛路上所有坎坷

万水千山的祈祷
十万长头低吟佛歌
只为许下心愿一个
愿疾病者不再痛苦折磨
愿离世者灵魂不要漂泊
愿生世者天天幸福快乐

大昭寺：大昭寺融合了藏、唐，尼泊尔、印度的建筑风格，成为藏式宗教建筑的千古典范，有1300多年的历史，在藏传佛教中拥有至高无上的地位。环大昭寺内中心的释迦牟尼佛殿一圈称为"囊廓"，寺外辐射出的街道叫"八廓街"即八角街。寺前终日香火缭绕，信徒们虔诚地叩拜在门前的青石板上留下了等身长头的深深印痕。万盏酥油灯长明，留下了岁月和朝圣者的痕迹。

雪中花

是你吗
仓央嘉措
着红色的袈裟
站在大昭寺的金顶
远远地眺望
是在等我吗

玛吉阿米
白天我是最大的佛
夜晚最孤独的是我
咫尺红墙
天涯相隔
却不能触碰你的额

是你吗
玛吉阿米
是否轻轻盘起长发
是否煮熟酥油甜茶
酒馆二楼窗前
是你在等我吗

仓央嘉措
酥油灯为你拨了又拨
你的笑容把我心温热

你是万人礼拜的佛
我是信徒一个
你的心中是否还有我

玛吉阿米
辉煌的殿宇
装满了经书佛法
我心很大
痴痴真情
却不敢把你全部装下

仓央嘉措
你是顿悟的活佛
怎样的修行
怎样的心法
怎么能为了我
却抛弃至尊的宝座

玛吉阿米
我从佛国走过
你是最美的鲜花一朵
我愿把一切还给佛
走出红墙
和你寻觅平静的生活

我是
一杯苦丁茶
你是

茶中的盐巴
我是
寒冬雪中绽放的花
你是
寒风中呵护我的篱笆

是你的错吗
修行改变不了佛法
是我的错吗
缘分未到不应开花
用真爱谱写的故事
一开始就是凄惨的神话

罗让扎花节：是在每年藏历十月二十五日举行，即深秋宰牛，分粮之时，各地藏族人举行家宴，集会，野餐，品尝着辛勤劳动得来的果实。此时，有的人家还要宴请喇嘛念经。晚上，不少农牧民点上酥油灯，摆上供品，意思是请菩萨也来尝尝秋天收获的果实，这个节被称为罗让扎花节。节日的规模比较小，一般以家庭为单位。

转湖纳木错

你或近或远
我心里没有距离
远古不变的信仰
十二年转湖是佛祖留下的旨意

你或大或小
我心里没有高低
滴滴湖水的灵气
沐浴掉罪恶我敬山敬水敬大地

你或深或浅
都溢不出我心里
神山圣水神圣地
十万长头把我心的世界献给你

我或紧或慢
用虔诚把你丈量
我祈祷生者安康
离世者灵魂轻飘天堂静静安息

我或跪或立
向善的心端给你
我祈祷疾病远离
每一个生世者都吉祥幸福如意

我或走或停
不贪婪不生邪欲
修过今生修来世
每一步神灵都会把我心灵洗涤

纳木错：位于西藏自治区中部，是西藏第二大湖泊，也是中国第二大的咸水湖。湖面海拔4718米，面积1961平方千米，为世界上海拔最高的大型内陆湖泊。"纳木错"为藏语，蒙古语名称为"腾格里海"，都是"天湖"之意。"马年转山、羊年转湖"在藏传佛教中有着重要意义，12年是一个轮回之年。对藏族群众来说，转湖是一次净化身体和心灵、贴近神灵和自然的过程。

品茶西藏

最好
这间茶馆
坐落在临水的拉萨
不要太小
不要太大
不要招摇也不要太繁华

最好
懒阳划过布达拉
你恰好不约而来
我恰好不约也在
不需茗草香茶
烹得不要太烫也不要太雅

最好
揽窗可看格桑花
远眺可睹雪山挂
颔首而谈笑
静默不语答
偷得浮生半日的奢华

最好
忘记这是在春秋
忘记这是在冬夏

或侃侃而谈
或静静发傻
让心灵放空所有的浮华

最好
避开大昭寺的钟声
不睹八廓街的繁华
品到丝竹伴清泉
喝到花烛照灯花
让匆忙脚步在这里陡然慢下

最好
将这盏茶喝到无味
将这首歌听到无韵
将这本书读到无字
将一个人爱到无心
让茶汤里开出一朵鲜艳的花

藏茶：藏茶是藏族同胞的主要生活饮品，又称为藏族同胞的民生之茶。藏茶是历史上最古老的茶；藏茶是中国砖茶的鼻祖，其制作工艺极为复杂，而且由于持续发酵的原因，藏茶是古茶类中收藏价值最高的茶种，色彩天然，上面镶有菊花、玫瑰等花瓣，用作装饰材料，体现独特的装饰风格，展示中国藏茶的深邃文化。

巴松措

我错了
我不该
让自己躲避在远离人间的大山
我碧绿的颜色是度母亲手渲染

我错了
我不该
让沙鸥白鹤在我身边翩翩起舞
如织游鱼在我透明身体里徜徉

我错了
我不该
让蓝天白云碧日给我惬意温暖
让青草绿水雪山成为我的裙边

我错了
我不该
让火红枫叶折射出灿烂的阳光
让我碧绿面颊披上害羞的晕圈

我错了
我不该
说出我胸中那块空心岛的秘密
你轻轻跺脚就会震动我的心房

我错了
我不该
把我和情人的定亲物给你偷看
桃和松的连理树是我们的誓言

我错了
我不该
沿着山道把红艳艳的杜鹃摆满
参天苍柏常绿那是我不变衣衫

我错了
我不该
把绝世之美绿珍珠用细纱遮起
让你跋山涉水难觅我纯真笑脸

巴松措
就是我
我是一个深闺待嫁藏族小卓玛
我等你在林芝湖边的雪山之下

巴松措
就是我
我是遗落人间的晶莹珍宝一颗
我心甘情愿因措而错一措再错

巴松措：位于距林芝地区工布江达县50多千米的巴河上游的高峡深谷里。春季，湖四周群花烂漫，雪峰阵列并倒映湖中，景色宜人至极。秋季万山红遍，层林尽染，天空碧蓝如洗，火红的枫叶折射灿烂的阳光，倒映在碧蓝的湖面，美不胜收。距岸边大约100米处有一座小岛名为扎西岛，传说该岛是"空心岛"。寺南有一株桃和松的连理树，春天时，桃花与青松相映，煞是好看。有"小瑞士"美誉。

佛说

点燃青香擎头顶
拨亮佛灯照佛影
我问佛
你可走进我心中
佛回答
无心则无情
有情有佛种
心持半偈万缘空

长头磕破千山雪
耗尽一生苦修行
我问佛
你可走进我心中
佛回答
心中如有佛
佛自在心中
月至上品诸清风

踏遍千山寻佛道
拜遍万佛觅真经
我问佛
你可走进我心中
佛回答
有声皆佛语
山河尽佛身

心中有佛皆有踪

觉心觉念向佛道
惑我惑他忧红尘
我问佛
你可走进我心中
佛回答
万物皆无常
有灭必有生
不执灭念心寂静

繁华散开铅华尽
大仁行善悯众生
我问佛
你可走进我心中
佛回答
觉心是大悟
仁者是佛宗
施舍功德现真情

尘世修得一心静
莲花深处一池清
我问佛
你可走进我心中
佛回答
心中无欲念
执念有宽容
坦然回望万物空

坛城沙画：藏传佛教中的一种最独特也最精致的宗教艺术。每逢大型法事活动，寺院中的喇嘛们用数不清的沙粒描绘出奇异的佛国世界。呕心沥血、极尽辛苦之能事创作出的美丽立体画卷，并没有用来向世人炫耀它的华美，用沙子描绘的世界，会被毫不犹豫地扫掉，在顷刻间化为乌有。坛城是藏传佛教修炼者不可少的工具，它蕴含着世界的所有原理。坛城也是作法的工具，用以呼唤鬼神。

拉姆拉措

寻觅前世的我
多少信徒跋山涉水
越过雪域高山湖泊
在五彩经幡彩墙下
双手合十默默静立
搜寻传说中的神奇

窥探来生的你
倒扣在山间的头颅
你用灵魂层层堆砌
存储着斑驳的记忆
吉祥班丹拉姆女神
日夜守护山川大地

十三种奇异的花
是上帝特别的赐予
谷底那汪漂浮湛蓝
好似忧伤眼泪一滴
安静时像云彩落地
动荡时像半空飘起

你昭示某种结局
湖面是你画好墨迹
纤细手指轻轻揭起

每一幕如天河隔离
每一张都传递奇迹
碎片透露未知记忆

你隐藏太多秘密
湖心荡起包罗万象
座座村庄民房楼宇
可有我前世的官邸
一闪而过卓玛阿佳
可有前世我追少女

你承载更多心旅
探寻来生蛛丝马迹
飘过那朵金色莲花
可有我积德的业绩
奔跑那匹腾空野马
可是放纵不羁自己

你哭时晴天霹雳
八月雪花悄然落地
湖面层层黑云笼罩
图形万千变化瞬息
是前世的精彩回放
还是来生我的预期

你笑时金黄满地
阳光洒下一瓢温柔
幻影随风飘来飘去

前世已经永远尘封
来生有无没有定期
愿风吹净心灵灰迹

遥远的拉姆拉措
不吝赐予缘分机遇
今生的我来与不来
你都安静等在这里
来世给不给我惊喜
我都会虔诚朝拜你

拉姆拉措：西藏最具传奇色彩的湖泊，藏语意为"吉祥天姆湖""天女之魂湖"，湖面积虽然不大，但在藏传佛教转世制度中，它有着特殊地位，而备受信徒们敬仰，寻访班禅等大活佛的转世灵童前，都要到此观湖卜相。据说多人同观，所见各异，传说只要虔诚地向湖中凝望，就可以从湖水的倒影中看到自己的未来各种景象。(本图摄影：胡耀辉)

一棵不会开花的树

五百年前
朝佛路上彼此的回眸
你的心紧紧握住了我的手
佛说，缘分不够
我说，来世拥有
你说，等你永久

我请求佛
把我变成一棵树
一棵会开花的树
徘徊在你必经的路口
年复一年地
等你

一百年后
淡淡的承诺
煮着飘香的愁
二百年后
欲望的烈火
炙烤着温热的胸口

三百年后
相思的情
熬不过长长的秋
请求佛提前拉开缘分的绸

我开满紫色的花
提前出现在你必经的路口

烈日下
怕灼伤你明亮的眸
我用叶子为你庇佑
清凉之后
你没有看我一眼
转身就走

悬崖边
你意外跌倒
我伸出所有的枝丫
将滑落的你抱搂
你却庆幸说
此劫命中没有

你上山
我在山顶远远地招手
你下水
我的枝条伴你漂流
你痛苦我皱起眉头
你快乐我把芳香洒左右

我渴望
你的双眼对视我的双眸
相拥的手拉起永久
曾经温馨的记忆
哪怕给我片刻的温柔

也足够

你要走
苦涩的缘分
不能把你的心挽留
爱再深
自私的欲望
也不能让时光倒流

在你必经的路口
我绽放所有的花朵
花香弥漫整个宇宙
你撸下了我身上片片衣袖
轻轻闻着我的体香
却没有抬头

风中你高高撒手
我心的碎片被风吹走
失落的我仰望天空
路在伸
你在走
没回头

缘没到
不聚首
只有花落空枝头
揉碎的心血在流
我变成了一棵不会开花的树
在朝佛的路上把缘分默默等候

氆氇：产生于公元7世纪吐蕃时期的"拂庐"，是藏族人民手工生产的一种毛织品，它细密平整，质软光滑，可以做衣服、床毯等，举行仪礼时也作为礼物赠人。氆氇是加工藏装、藏靴、金花帽的主要材料，相传有2000多年的历史。氆氇曾是西藏主要贡品。

林芝桃花开

一夜春风
吹开了我的春梦
不必掩饰火一样的激情
在属于我的季节里
捧出最美最真的女儿红
我要倾倒世人醉倒春风

一道暖阳
捧出我粉色的虹
不必掩饰羞涩的青春
在属于我的天地间
随一曲惊艳的舞曲
要跳就跳出风情万种

一缕淡香
酿造我幽香的情
不必在乎长短的评说
争艳不是一时风流韵事
花香不是一夜杨花水性
我以我独特的方式爱春风

一夜摇动
纷纷落下残缺的红
不必为失去的美丽伤痛

那是我生命轮回的历程
盛开时让青春花枝妖艳
飘落时坦然漫天地凋零

一季花期
就是灿烂的一生
不必让美丽惊世永恒
激情背后孕育爱的结晶
秋季那枚捧在手里的果香
才是苦苦追求的精彩人生

林芝桃花：西藏的野桃多属毛桃，树形高大，树干粗壮，气势很像繁茂的梧桐。尼洋河两岸的山坡上，桃林与麦田交相辉映；三面环山的林芝桃花沟，溪水从山顶倾泻而下，涧边长满了野生桃树。远方的雪峰还有皑皑白雪，桃花已如醉霞绯云般地争相斗艳。粉嫩的桃花，在气势磅礴的雪山怀抱中无限柔媚。妖娆桃花，映着蔚蓝云天，美不胜收。

听雪

初冬午后
清茶一杯
邂逅阴霾的天空
没有预约
没有邀请
雪花悄然从苍穹飘零

也许有人
摇动天宇
惊落栖息玉树的精灵
没有轨迹
没有方向
飘飘洒洒挤满了苍穹

雪落尘世
寂静无声
亲吻大地心的颤动
侧耳倾听
感触精灵
洁白深处有天籁之声

雪如拂尘
落如禅宗
飘舞之间洗涤心灵

落花散尽
云淡风轻
卸掉负累营造亮丽风景

雪如莲花
菩提树下
取舍之间净土一寸
弹指之欢
浮生一梦
在恬静土地里沐浴春风

雪如烟云
一隅红尘
时光冲淡沧桑裂痕
指尖轻触
花香如梦
让释怀的心随流光飘动

雪如机缘
顷刻相逢
散别离总是匆匆
随缘随喜
静守流年
在短暂归宿里爱到永恒

雪如风景
半生烟雨
点亮那抹亮丽的虹

一曲群舞
一首心歌
静美心情舒展自由天空

雪如人生
放空心灵
弹尽世间沧桑泪
一茶安静
一阕清幽
春日暖阳轻抚温柔心灵

沐浴节：藏语叫"嘎玛日吉"（洗澡），是藏族人民特有的节日，在西藏至少有七八百年的历史。每年藏历七月上旬，在西藏，在拉萨河畔，从城市到乡村，从牧区到农区，都有一个群众性的洗澡活动。这种一年一度的洗澡活动，要集中进行一个星期。在这七天中，从娃娃到老人，都要下河洗澡，这已成为藏族群众传统的风俗习惯。

古格王朝

古格没有走远
或许
谁把她藏了起来
炉火刚熄
晚餐还在锅里温热
碗筷已经在桌上摆好
锄头还在地的中央矗立
主人也许在回家的路上

古格没有走远
你看
托林寺香案上
札不让高台上
皮央东嘎青稞垛上
一本本金叶经卷
一捆捆银叶经书
都是安静地打开着

古格没有走远
你听
白庙举行的法事
诵经声在一尊尊
精美的佛像中穿行
红庙惊艳的舞曲

飘过整个城郭
札达土林都能听到

古格走了
四百四十五间房屋
八百七十九孔窑洞
五十八座碉堡
二十八座佛塔
三百年的沧桑岁月
告诉我
古格一夜间走了

古格真的走了
拉康嘎波壁画里
那队翩翩起舞的舞女
正在迎接阿底峡
恢宏热烈的场面
仿佛昨天涂上的颜色
鼓手告诉我
古格真的走远了

古格悲壮地走了
铜锣银号金戈铁矛
留有洞痕的盔甲
数万具无头干尸
宁死不屈的士兵
无声告诉我
是拉达克人

在这里留下的回忆

古格无奈地走了
那双古格银眼
水灵灵的
没有泪滴
却流露出无限的忧伤
那些洒脱的画笔
描绘密宗男女双修往事
也在诉说古格辉煌和没落

空空的古格
所有的一切被尘封
没有人惊扰街道和城堡
没有人去修正文字宗教
没有人篡改壁画的风格
古格被瞬间定格
定格在
消失时的那一刻

遥远的古格
窟洞和精美壁画在对话
信徒和工匠们在对话
国王僧侣和传教士在对话
寂静荒原和喧嚣在对话
曾经用黄金打造的王国
尘封的古格
你还有多少秘密没有对我说

古格王国：位于阿里地区象泉河畔的一座土山上，占地约18万平方米。一个兴起于11世纪初，演出了600年灿烂历史政剧，经历过16位世袭国王，拥有过10万人之众的庞然大国竟然在1630年拉达克人入侵的战争中瞬间灰飞烟灭。山腰中部的几座寺庙分别为度母殿、红殿、白殿和轮回殿，唯有寺庙保存完好。它为什么会消失得这样突然？当年的10万之众为什么会无影无踪？这对我们来说确实是一个充满诱惑的千古之谜。

心的天堂

心静如水
是绿叶上那滴甘露
在晨曦的朝阳中
轻轻滑落
回报脚下供养的土地

心静如云
是一颗自由行走的心
承担不起负重
坦然放下唱出心中的歌

心静如海
是一望无垠的蔚蓝
在苦涩的浸泡中
沉默无语
用心诠释内涵的深沉

心静如山
是巍峨极顶的磐石
经历蹂躏的腥风
巍然不动
高贵的头颅傲视苍穹

心静如花

是三月粉红的花蕾
残花随风飘零
取舍之中
悄无声息孕育着生命

心静如尺
是无法逾越的高度
用宽容丈量人生
海纳百川
心海把所有沟壑填平

心静如风
是温柔双手轻抚大地
唤醒万物和精灵
风由心生
心若静风就不动不兴

心静如火
是手捧起大爱的莲花
淡忘伤口的痛
有容乃大
干戈玉帛融化云烟中

心静如烟
是今世走来过客匆匆
一路歌一路景
坦荡人生
心花盛开处处有清风

耍林卡：是藏族群众根据高原的气候、环境和生活条件形成的一种民族习惯。拉萨等地区称之为"赞林吉桑"。每年藏历五月一日到五月十五日的半个月里，人们走出庭院，来到浓荫密布的林卡。在长冬短夏的西藏，阳光明媚、风和日暖的时节是最为宝贵的，珍惜大自然的这种恩赐，是藏族人民的一种好习惯。到十五日，耍林卡进入高潮，这一天，还进行一些宗教活动。

酥油茶香

冬日
暖阳
牵着心情
走进拉萨光明巷
去琼甜茶馆喝茶

棚顶
很高
木桌木椅
找一个临街的空位
磨光茶壶就会飘来

热奶
浓茶
不溢不烫
阿佳用笑容斟满
香味会钻进心房

喇嘛
妇女
形形色色服饰
划出不同类别
香雾中人是一样的

悠闲
惬意
阳光投来
心在奶茶中轻煮
奶茶在心里荡漾

喝够
品足
七毛钱一杯
钱放在黝黑桌上
阿佳会给你找零

太阳可以不晒
工作可以不做
甜茶不可以不喝
茶香后才是一天的生活

酥油茶：是中国西藏的特色饮料，多作为主食与糌粑一起食用，有御寒提神醒脑、生津止渴的作用。此种饮料用酥油和浓茶加工而成。先将适量酥油放入特制的桶中，佐以食盐，再注入熬煮的浓茶汁，用木杵反复捣拌，使酥油与茶汁融为一体，呈乳状即成。

红尘破

那一刻
付出化雨泪
绝情渊谷中
饱饮人世淡漠情
蓦然回首万念空

那一时
繁华已落尽
泪水洗心灵
木鱼声声敲晨钟
遁入空门成佛僧

那一天
青丝被割尽
盘坐素服行
熄灭心灯点佛灯
舍掉繁华诵真经

那一月
圆月照古楼
古刹点青灯
佛前绽开莲花座
心海波涛不再惊

那一年
佛珠常在手
佛经声声诵
凡间尘世不启封
菩提开花在心中

那一生
沉沦讲六道
婆娑渐入魂
前世冤孽今世情
木鱼声中烟云升

那一世
手拈一青香
木鱼击梵钟
秋来春去不有梦
修完今世修来生

藏戏：藏语名叫"阿吉拉姆"，意思是"仙女姐妹"。据传藏戏最早由七姐妹演出，内容多是佛经中的神话故事，故而得名。藏戏起源于8世纪藏族的宗教艺术。17世纪时，从寺院宗教仪式中分离出来，逐渐形成以唱为主，唱、诵、舞、表、白和技等基本程式相结合的生活化的表演。藏戏唱腔高亢雄浑，多因人定曲，每句唱腔都有人声帮和。

冈仁波齐

一块石头一方城
隔开浮世和苍穹
无形无影圣洁殿
金色佛光万千重
前赴后继朝我佛
接纳真心与虔诚
装满无字真经卷
抚摸千里朝觐人

一尊皇冠一禅宗
滋润莲花菩提生
无形宫殿诸神坐
婆娑六道讲金经
磨光沧海日月痕
诵经论道度善行
转山转水转佛塔
觉我觉他觉众生

一宇广袤一清静
容纳万物与苍生
浮世纷扰红尘界
独辟人间一蹊径
尘世尘埃尘烟飞
净心净身净万种

佛光越过万云雨
醒悟过后见彩虹

一段心路一行程
五体投地向天庭
磕过万山坎坷路
清心抑欲忘我情
心中有佛便是佛
心中无佛佛自轻
三密加持三相应
修完今世修来生

冈仁波齐：中国冈底斯山脉主峰，山顶高度海拔6656米，是冈底斯山脉第二高峰，位于西藏自治区西南部普兰县北部，藏语意为神灵之山，冈仁波齐峰是多个宗教中的神山。相传雍仲本教发源于该山；印度教认为该山为湿婆的居所，世界的中心；耆那教认为该山是其祖师瑞斯哈巴那刹得道之处；藏传佛教认为此山是胜乐金刚的住所，代表着无量幸福。(本图摄影：陈达)

聆听西藏

富贵时
请静坐
大昭寺的门前
看一起一伏的膜拜
不必怀疑来世
不必怀疑虔诚
繁华与喧嚣
沉思与灵魂
让飘浮的心在天堂间沉静

贫穷时
请走进
荒凉的草原
看牧人扬鞭渐行渐远
不必问雪有多大
不必问路有多远
炒熟的青稞
温热的酥油
品味幸福就是这么简单

伤情时
请坐在
纳木错湖边
听美丽传说看碧水蓝天

不必问她的深度
不必问她的湛蓝
回眸人生
咀嚼炎凉
痴情坚守洗去淡淡伤感

负累时
请站在
唐古拉山巅
看奔腾骏马看高飞大雁
不必问山一程走过红尘
不必问水一程沧桑流年
天无边际
地无尽源
驻足把路上风景静心浏览

洒脱时
请邂逅
布达拉宫暖阳
那一抹冬日绵绵的温暖
不必问功名多大
不必问富贵贫贱
浅行静思
淡到极致
让阳光把岁月慢慢风干

神降节：也叫降神节。降神节藏语称"拉波堆庆"。"拉波堆庆"是佛祖释迦牟尼下凡人间的日子；另一种说法则称，当天是释迦牟尼7岁时为报答母恩，来到天堂向母亲讲经说法后返回天竺迦尸城的日子。拉萨众多信教群众来到大昭寺、小昭寺、布达拉宫等地烧香、朝佛，为家人祈福，并且为香灯添加酥油，祈求佛祖保佑众人幸福平安。

遇见墨脱

墨脱
你是封存的秘密
白马岗十八朵莲花
盛开在遥远的天际
汗密森林是你的嫁衣
背崩容颜总若隐若离

墨脱
你是浓缩的记忆
丛林木屋草房错落
山路如蚯蚓般崎岖
藤桥溜索从远古滑来
天险阻挡探寻的足迹

墨脱
你是倔强的脾气
从不约束奔放豪气
翻脸是雪俯首是雨
不在乎他人如何评说
任性表达耿直的情绪

墨脱
你是安静的小溪
吃不够的鸡爪稻禾

唱不够门巴族小曲
不慕遥远城池的繁华
守望天边最后的静谧

墨脱
你是深阁的闺密
光脚丈量雅江南北
双手抚摸雪山谷底
用纯朴独守最后处女
素颜中书写靓丽传奇

墨脱
你是心灵的归期
多少功名利禄纠结
多少物欲难平攀比
淋漓过墨脱轻风细雨
能否将浮躁的心漂洗

墨脱：西藏自治区林芝市下辖的一个县，平均海拔1200米。墨脱县境内四季如春，气候条件优良。墨脱在藏族人民心目中是宗教信徒朝圣的"莲花宝地"，又名"白马岗"。这里是全中国最后一个通公路的县，地处世界第一的雅鲁藏布大峡谷的深处，有人称，在到过墨脱的人面前不要言路，意思是说这世上再没有比到墨脱更难走的路了。

西藏之约

华灯初上
霓虹摇曳
三步一叩
你磕长头走来
我怎能不依靠在哲蚌寺想你

柳红花绿
岁月静好
五体投地
你顶礼膜拜走来
我怎能不站在色拉寺门前盼你

五彩经幡
照亮星际
对地无语
你口念佛经真言走来
我怎能不走出布达拉宫来看你

碧水蓝天
桃花满城
额吻大地
你怀揣虔诚走来
我怎能不跨出大昭寺来迎你

座座玛尼
平地垒起
双手合十
你翻山越岭走来
我怎能不站在唐古拉山口接你

梵音袅袅
花开四季
日月慈心
你善行博爱坦荡走来
我怎能不把健康快乐幸福给你

望果节：是藏语译音，意为"绕地头转圈"。藏语"望果节"可译为"在田地边上转圈的日子"。因为节日的第一天早晨，农民们要手持麦穗围着农田转圈游行，最前边是由喇嘛和老农组成的仪仗队，高举佛像，背着经书，吹着佛号，感谢上天给人们带来了风调雨顺的好年成。对辛勤耕耘的农民来说，眼看着即将收割的庄稼，呼吸着麦田飘来的清香，都为此感到欣喜陶醉，悠悠唱起古老的丰收歌谣。

普若岗日冰川

寻找你
真的不容易
你淡泊名利隐藏在茫茫边际
想象你的模样时而模糊时而清晰

走近你
真的不容易
穿草原越戈壁才能把你寻觅
大漠孤烟中你坦然面对弯月升起

拥抱你
真的不容易
远古冰封沉淀岁月清晰记忆
历经沧桑遮挡南来的风西边的雨

抚摸你
真的不容易
层层叠叠沉淀是你的履历
冷漠外表掩饰不了你火热的心底

亲吻你
真的不容易
踮起脚也够不到你眉际
你博大的胸中存储着生命的奇迹

理解你
真的不容易
春阳掠过苍茫传递渴望讯息
你甘愿融化生命无怨无悔给予

赞美你
真的不容易
内心博爱外表依然冷峻坚毅
低调奉献诠释了人生大爱的真理

感恩你
真的不容易
融化巍巍的身躯汇聚成溪
用甘甜的乳汁把广袤的大地哺育

普若岗日冰川：位于西藏那曲地区双湖县东北部90公里，距那曲镇560公里。普若岗日冰川是除南极、北极以外，世界第三大冰川，普若岗日冰原面积422平方公里，冰原向四周山谷放射溢出50多条长短不等的冰舌，最高处海拔6400米，最低处海拔5350米。该景区冰川、湖泊和沙漠相互伴生，三位一体。冰原周围有许多湖泊，靠冰川融水补给。

诗与西藏

你的单车
轧过唐古拉冰封山冈
可曾听到
唐朝送亲的车辙声响

你的单反
透过大昭寺耀眼金顶
可曾看到
镇妖驮土填湖的白羊

你的步履
踩过纳木错如血夕阳
可曾脉动
信徒转湖虔诚的目光

你的墨镜
看透红宫白墙的沧桑
可曾注视
莲花大师辩经的铿锵

你的双眼
装满陌生熟悉的佛像
可曾听到
格鲁萨迦派舌剑唇枪

你的朋友圈
晒过异域漂亮的风景
可曾感悟
风景背后的沉淀墨香

你的目光
不只是装满鸟语花香
风景之后
收获多少底蕴和宝藏

你的旅行
不只是一次苟且行走
沉淀积累
风景之外你是诗和远方

玛尼石："玛尼"来自梵文佛经《六字真言经》"唵嘛呢叭咪吽"的简称，因在石头上刻有"玛尼"而称"玛尼石"；"玛尼堆"是指在石板或经加工而成的石头上刻有藏文经文、"六字真言"或刻有动物图纹、神灵图像、朗久旺丹图纹等的石板或石头垒起来的石堆。也有不刻任何图纹的各种小石块堆成的石堆。藏族地区的石刻"玛尼堆"随处可见，数不胜数。

藏羚羊

我问妈妈
我为什么没有肥草甜水的荣华
贫瘠土地上怎么看不到格桑花
苦涩的咸水就是我期待的甜茶
地衣苔藓草根真的能把我养大

妈妈说
草原上不是每个姑娘都叫卓玛
不是每一片土地都盛开格桑花
广袤的土地是我们的祖先留下
无论怎么贫瘠那都是我们的家

我问爸爸
我瘦弱身体怎能抵挡草原风狂
那皑皑的雪山会不会把我冻伤
慢慢长夜我怕恶狼凶狠的目光
生命的历程里惊恐猎人的枪响

爸爸说
柔软的皮毛可以抵当黄金万两
我们随时提防猎人贪婪的目光
我和母亲给了你最矫健的四肢
你拥有闪电一样的速度和力量

我懂了
安逸生活也许束缚了我的野性
优越的条件或许不能纵情歌唱
要做就做一只最健壮的藏羚羊
广阔无垠草原就是我家的方向

草原上
在生命禁区有我树起高高信仰
面对现实我才雄踞屋脊傲四方
粗犷原野造就了我性格的刚强
狂奔腾越那就是我生命的力量

藏羚羊：国家一级保护动物，也是列入《濒危野生动植物种国际贸易公约》中严禁贸易的濒危动物。栖息在海拔4000～5300米令人类望而生畏的"生命禁区"，被称为"可可西里的骄傲"。主要分布在中国青海、西藏、新疆三省区，20世纪70年代至90年代中期的20多年内，偷猎现象开始频发，90年代便急速下降到了5万多只。国家重点保护后，现存野生种群数量约为20万～22万只。

心走西藏

我想
去西藏
圣殿布达拉宫
双手合十闭目焚香
虔诚的心为家人祈求幸福安康

我想
去西藏
玛吉阿米阁楼
掂量金钱与爱情的分量
在仓央嘉措浪漫爱情中感悟情伤

我想
去西藏
大昭寺前静坐
看朝圣者磕长头把大地丈量
每张虔诚脸上都写满了执着和信仰

我想
去西藏
拉姆拉措湖上
心存转世轮回的幻想
期盼前生和来世会呈现在神湖之上

我想
去西藏
唐古拉的苍凉
站在世界最高的山坡上
用身体感受残酷现实和生命的力量

我想
去西藏
珠穆朗玛峰上
看那片片旗云迎风飘扬
那是天堂里为离世者在超度歌唱

我想
去西藏
巴松措到鲁朗
在苍翠中听万顷松涛
让碧绿湖水把浮世的心慢慢涤荡

我想
去西藏
雅鲁藏布江上
亲吻冰山之父南迦巴瓦
在大峡谷滚滚奔腾声中让豪情激昂

我想
去西藏
跳起热情的锅庄
感受卓玛淳朴烹饪的善良

在梵天净土之间斟满酥油茶香

我想
去西藏
畅游心灵的牧场
看牦牛悠然吃草苍鹰翱翔
无欲无求帮你卸掉浮世烦恼和欲望

我想
去西藏
走进人间的天堂
看不到抓不住听不见的信仰
佛光穿越苍凉会把一颗善行的心照亮

酥油花灯节：相传黄教始祖宗喀巴曾向拉萨大昭寺内的释迦牟尼像献酥油花及大量供灯、酥油灯等，此即后世酥油灯会的由来。藏历正月十五这天，藏民族居住的地方多会摆出用五彩酥油雕塑成的花鸟鱼虫和人物形象，欢庆酥油花灯节。夜晚各寺院张灯结彩，悬挂各式花灯，主要街道搭起陈列酥油花的架子，酥油花用酥油配以各种鲜艳颜色捏制而成，有花果鸟兽、牛马牲畜、楼台殿阁，极为精巧，规模可观，十分热闹。

爱恨波密

我不敢靠近你
你松软的土壤充满玄机
世界二号泥石流的群体
一侧是咆哮的帕隆藏布
一侧是悬崖峭壁的山体
悬在半空中的天途天路
一失足瞬间就没有踪迹

我不敢亲近你
你无数冰冷的雪山屹立
山高路远峡谷如此崎岖
山崩地裂雪灾水土流失
所有的灾害在这里云集
你是川藏路上死亡坟场
真不想听到这样的名字

我不敢抚摸你
因为你太柔弱太爱哭泣
无缘无故突然大发脾气
随时随地你会流泪成溪
泥石流切断这里的唯一
爱你恨你梦想中的波密
川藏路上打破多少希冀

我紧紧拥抱你
通麦大桥已经巍然架起
老虎嘴前不会落石纷飞
惊心动魄已经成为历史
洁白雪山飘来金色信息
波密的雨林里阵阵细雨
也阻挡不了扑进你怀里

我轻轻依偎你
秋末冬初金黄色的波密
置身在五彩缤纷童话里
然乌湖似一颗蓝色宝石
山顶的积雪如皇冠挺立
林中茅舍小屋若隐若现
恍如世外桃源再现神秘

我狂热亲吻你
漫无边际深邃一色林海
你是上帝挥毫泼墨重笔
你把雪山桃花金黄入画
你把草原森林冰川收集
你是克隆在冰川上瑞士
景色醉倒别人醉倒自己

波密：位于西藏自治区东部，帕隆藏布河北岸。全县总面积16578平方千米，距自治区首府拉萨市636千米。是西藏商品粮基地县之一，是出口菌类松茸、羊肚菌的重要产地之一，境内海洋型冰川发育极好，有著名的卡钦、则普、若果、古乡等冰川。卡钦冰川长35千米，面积172平方千米，冰舌末端伸入森林，下达海拔2500米的地方，蔚为壮观。

雪莲花开

为寻觅你
我刨开冰崖
你屹立不倒的风采
被雕塑成一朵晶莹的花
柔弱傲骨
静待春夏
尚存一点气息依然挺拔
只为相爱的手不要撒下

为寻觅你
我暴走烈阳之下
即将枯萎的你随风摇曳
稀疏根系却把大地紧抓
难耐熏烤
暴雨冲刷
却不能将你的理想践踏
幽幽淡香满山遍野飘洒

为寻觅你
我陶醉在月光下
扑面而来的一股股芳香
是你和爱人喃喃的情话
痴痴真情
深深牵挂

无论岁月如何蹉跎变化
最高地方演绎爱的神话

为寻觅你
我攀上悬崖
阵阵狂风将你任意欺压
仿佛随时就会命殒天涯
爱的种子
前世种下
不为把最美的风景揽下
期待今生静静萌发新芽

为寻觅你
我走遍春秋冬夏
你远离红尘在巅峰安家
经历冰雪沧桑柔柔风华
生生灭灭
四季轮回
你期盼用永恒换取刹那
为爱开出永不凋零的花

赛马节：赛马节也是一个恋爱的季节，委婉的汉族人习惯将之视为"浪漫"。方圆几百公里各乡各地的牧民们带着帐篷，身着艳丽的民族服装，佩戴齐各自最值得炫耀的珠宝饰物，于花海似的草原中一路踏歌而来。一座座帐篷一夜之间便挤满了那曲赛马会场四周，直至连成一片蔚为壮观的"城市"。物资交流，文艺会演，各种民间体育如拔河、跳远、抱石头等以及与宗教有关的活动的举行令这城市名副其实。

经幡飘飘

巅之峰
山之间
你是彩虹一座
把孤独的心轻轻温热

河之间
山之坡
你是路标一个
指引朝觐者坚强走过

山冰冷
水寂寞
你是莲花一朵
把虔诚的信仰挂满山坡

阳之下
伴冰雪
你是一个舞者
给大地披上五彩的颜色

经筒转
头磕破
你是一个使者
把祈福装满天堂的邮车

天之间
轮回道
你是一首佛歌
手捧灵魂从天堂飘过

经幡：藏语称"隆达"。是一种用棉布、麻纱、丝绸等材料制成的长方形彩旗，共有蓝、白、红、绿、黄五种颜色，色序不能错乱，分别象征天空、祥云、火焰、江河和大地。藏传佛教又赋予五色为五方佛及五种智慧之含义。经幡上多印有经文咒语、佛像神马等图案，风每吹动一次经幡，就如同将上面的经文诵读了一遍。上苍诸佛保护一切制造和悬挂经幡的人，哪里有经幡，哪里就有善良吉祥。

藏历新年

把最后一筐牛粪
连同
那片湛蓝的天
那片洁白的云
一同装上马背
向藏鹰挥挥手
赶着羌塘的冬阳
回家过年

给母牛放假
牛奶不挤了
用藏刀
砍最大一块厚冰
驮回家切成冰砖
摆满牛圈低矮土墙
迎接
来年水草丰茂

用面粉
在门板上
绘上日月星星
还有吉祥八瑞
在灶台上
绘上酒坛锅碗瓢勺

还有大大的毒蝎
等待人畜兴旺吉祥平安

藏毛绳
围着帐篷画圈
把所有的被子
都抱出来
让太阳猛烈抽打
还有赶不走的晦气
再用木头棒子抽打
狠狠地赶走它

整个羊头
煮得很烂
切玛五谷斗
被阿佳擦得很干净
藏桌上
摆满各样的面团突巴
九粥饭冒着热气
新换的经幡高兴地在飘

烧开的水
洗去男人女人的晦
打开箱子
把蜜蜡绿松石银手镯
全部拿出来
让阿佳卓玛
从头到脚挂满

招来明年肥羊满圈

趁年火还没有熄灭
跑到河边
把河里的星星
打散
趁太阳没有翻过东山
邻里间相互敬上
五谷丰登的切玛
还有祈祷和吉祥

卓玛
稚嫩的脸上
还有浅浅的高原红
笑时会露出白牙
笨拙涂上阿妈的口红
冰花的窗玻璃上
有她画的一棵树
冰花里的树
是她想象中的春天

藏历新年：新年的准备工作一般在前一年的十二月初就开始了。家家户户都要制作一个名叫"切玛"的五谷斗，即在绘有彩色花纹的木盒左右分别盛放炒麦粒和酥油拌成的糌粑，上面插上青稞穗和酥油塑制的彩花。妇女则精心制作"卡赛"，一种酥油炸成的面食，分为耳朵形、蝴蝶形、条形、方形、圆形等各种形状，涂以颜料，裹以砂糖，既是装饰神案的艺术品，又是款待客人的佳肴。

鲁朗小镇

一张绿毯
沾满了野花
静卧的牦牛
玲珑的藏香猪
在木板桥头
吸吮着母亲的甘甜

小河
从绿毯中间流过
弯曲的篱笆
错落有致的木屋
怕被绿色冲走
筑起一道长长的边框

一片云杉
如调皮孩子
争抢着起舞
攀爬河边的山坡
高处舞出渐远金黄
低处舞出渐近翠色

一座雪山
天上打坐
白云偶尔掠过

南迦巴瓦拉过一片洁白
轻轻地遮住
那张害羞的脸

一簇旺火
烧开笨重的石锅
沸腾雅江水里
倒进新采的松茸
伴着淳朴
煮着宁静
袅袅炊烟从小镇上飘过

一串佛珠
在阿妈手中
熟练摇动转经筒
回头慈祥的一笑
一幅多彩的山水画
陡然在最美的景色中定格

鲁朗：位于西藏林芝地区鲁朗镇境内，距八一镇80公里左右的川藏路上，坐落在深山老林之中，素有"西藏江南"美称。鲁朗林海是一处云山雾海里的森林，有"叫人不想家的"的美誉，周边雪山林立，沟内森林葱茏，林间还有整齐如人工修剪般的草甸，许多民居修建在这山环水复的天上森林。

风马旗

你是
菩提树下
佛祖的经书
六字真言的光晕
被风切成条条碎片
飘舞在纯净的世界里
用你特有符号消去祸兮

你是
藏族僧人
取回的真经
飞满天宇的佛光
大彻大悟顿然醒起
用满满的祈祷和虔诚
在天地之间竖起的彩旗

我把
一串串
风马旗插在
新搭的帐篷上
不为装饰家的美丽
只想为新迁徙的牧场
请神灵庇佑呵护和允许

我把
一丛丛
风马旗插在
巍峨峻岭之脊
不为安抚山的情绪
只想为遥远朝圣信徒
继续前行永远都不放弃

我把
一片片
风马旗插在
静静雅江湖边
不为点缀海的翠绿
想用那颗感恩的善心
回敬神灵圣水普天赐予

我把
一张张
风马旗插在
天葬台的塔基
不为让鲜花铺满地
只想隔绝喧嚣的打扰
让超度的亡灵安静转世

我把
一道道
风马旗插在
迷茫浮躁心旅

不为欣赏你的美丽
只为将贪婪欲望空虚
让风马把烦恼统统放飞

我把
一条条
风马旗插在
苍茫冰封雪域
不为暖热万年冻土
只想用一颗敬畏的心
把虔诚的敬仰坚定托起

风马旗：颜色分白、黄、红、绿、蓝五种。在藏族人心目中，白色纯洁善良，红色兴旺刚猛，绿色阴柔平和，黄色仁慈博才，蓝色勇敢机智。因为色彩的象征含义，故而农家过年在房顶换插五色经幡时，也有搞得十分简化的，仅在一根分权很多的树枝上，从上到下分色系挂单色布片，布片上并不印上图像，一种色布横着排列系挂五片。故而五色风马经幡，是完全表征着天地万物众神。

聆听格桑花开

等了
很久很久
再厚的冰雪也会融化
给我阳光我就要发芽
无条件
不放弃
谁也挡不住绽放的花

乱石
沟壑泥沙
只要有我的种子落下
任何地方就能把根扎
缺甘露
少肥水
再苦的环境也能长大

纤细
不失挺拔
经得任何暴雨的拍打
骨子里特有倔强性格
雨蹂躏
冰雹砸
也不能让我屈服趴下

柔弱
不失娇艳
再强的阳光我都不怕
我的笑脸就是太阳花
光越强
温越高
依然敢大声说出情话

颜色
随季变化
把耳朵贴近我八瓣里
能听到送你祝福的话
我美丽
毒性大
否则就不能花开天涯

梅朵
格桑梅朵
我是散落高原上的佛
信手播撒吉祥和快乐
不怨恨
不逃脱
一步步踩下我幸福的脚窝

格桑花：又称格桑梅朵，在藏语中，"格桑"是"美好时光"的意思，"梅朵"是花的意思，所以格桑花也叫幸福花，一直寄托着藏族人民期盼幸福吉祥的美好情感。由于它喜爱高原的阳光，不畏严寒风霜，被视为高原上生命力最顽强的一种野花，所以藏族百姓视之为象征着爱与吉祥的圣洁之花，它美丽而不娇艳，经常成为形容女强人的代名词。

卓玛心事

秋意凉
草已黄
牦牛归家乡
寒风伴雪飞进窗
淡淡音符化愁肠

雁南飞
撤毡房
雾锁群山岗
情歌低吟隔窗唱
悠悠情思寄何方

花已萎
弓深藏
棉被盖羌塘
三千情丝绕雕梁
茫茫对月诉衷肠

意已断
情已伤
孤雁落苍茫
展翅无力跃天上
朵朵雪花暖心房

曲唱罢
歌已凉
单影品忧伤
青稞美酒与谁尝
滴滴沁入情的伤

冬日出
照苍茫
心凉如冰房
烈日难融心的霜
含苞花蕾待春阳

藏袍：是最常见的，为大襟服装，男式宽大，带袖，女式稍窄，分有袖、无袖两种。城镇居民喜用高级毛料制作藏袍，农区用氆氇，牧区用毛皮。女式衬衫袖子要比衣服长40多厘米，平时挽起，舞蹈时放下，翩翩起舞，特别优美。男式分上衣和裤子两件，上衣较短小，大襟，用料氆氇，大多为黑、白两色。女式仅有上装，对襟，用料氆氇，黑色，着装时罩在袍外。

色拉寺辩经

夏日午后
色拉寺茂密的树林里
铺满石子的辩经道场
一簇簇绛红色的沙弥
将上演不需彩排群舞

佛钟轻响
步履匆匆的红衣红袍
准时从四面八方飘来
哪怕错过钟后的一秒
陡然跪地求佛祖宽谅

有坐有站
没有了经堂文雅安静
可随心仰头高声叫喊
可拉袍撩衣踱步奚落
也可把念珠抛上空间

伸出左手
一个巴掌击不起共鸣
道出步入尘世的孤单
稍纵即逝人生的短暂
珍惜当下巧合的机缘

右手高扬
向身后文殊菩萨示意
沉睡恶念被一声震撼
拍击中点亮不灭佛灯
辩论后慈悲留在心间

手心向下
宗喀巴大师遥遥可现
借助我佛慈悲的双手
救出普天众生于苦难
携手中播撒善行善念

激烈争辩
不在乎结果你输我赢
厘清义理不犹疑彷徨
扶正佛法认知上异见
超越中感悟佛法蓝天

红衣舞动
如一场音乐会的盛宴
佛国响起梵声的天籁
千变万化的智慧声响
直达中观空性的心田

辩经：指按照因明学体系的逻辑推理方式，辩论佛教教义的学习课程。多在寺院内空旷之地、树荫下进行。辩者无人数限制，多坐于地上，只可回答不可反问。不断提出问题，有时一人提问，有时数人提问，被提问者无反问机会。

白帐篷

碧水的尽头
是起伏的雪山
雪山的尽头
是云朵悠闲飘荡
云朵的尽头
是雄鹰展翅在翱翔

草甸的尽头
是一匹白牦牛缓缓走来
牦牛的身旁
是一个盛装的藏家姑娘
姑娘的手中
是一条轻轻摇动的马鞭

曲河的对岸
是姑娘白色的帐篷
帐篷的旁边
是藏獒为姑娘站岗
半开的门帘
她用情歌赶走夕阳

格桑花美丽
不会四季都绽放
弦子的舞曲

不会彻夜都吟唱
白色的闺房
只会给意中人打开

谁牵着骏马
在帐篷间四处游荡
傻傻的扎西
怎么没有闻到我的体香
凶猛的藏獒
不会阻挡你走进我毡房

今夜的情火
只有你才能为我点亮
我酿的美酒
只有你才能尽情地品尝
火热的毡房
只有你才能给我披上嫁装

白帐篷：藏族有一个传统，家里的姑娘到了十四五岁时，就会在大帐篷外搭起一个美丽的白色帐篷，这个白帐篷是专门为她找丈夫而设的。藏族的白帐篷，相当于姑娘的绣楼、闺房。如果男人相中白帐篷里面的姑娘，便可以到她的白帐篷前唱曲示爱，直到找到意中人。

各拉丹冬

山峰尖尖
展示着你的亘古你的久远
退缩冰线
刻画着你的辉煌你的磨炼
裸露砺石
见证了你的博爱你的伟岸
冰墙横断
诉说着你的尊严你的底线
绵绵冰川
记录着你的沧桑你的渊源

巍巍挺拔
那是你积蓄了亿万年的蕴藏
涓涓溪流
那是你赐给中华儿女的供养
遥遥千里
你闻不到长江两岸稻花飘香
远隔重山
你看不到长江三峡河道繁忙
隐居深山
只有给予不求回报不求颂扬

雪花飘飘
你拈起朵朵化彩裙披在肩上
暴风骤雨

你伸开双手拦在滚热的胸膛
花开花落
你胸中永远怀揣不灭的希望
孤独守候
你的心里坚信春天就在远方
岁月漫长
撼不动你哺育大地责任担当

洁白哈达
系不到你高高仰起的头上
玛尼彩石
垒不起对你那敬仰的目光
苍天净土
你把人世间悲欢离合眺望
俯瞰苍茫
看生死轮回往返人间天堂
双手合十
默默指引他们转世的方向

双膝跪倒
万里跋涉只为目睹母亲尊颜
捧起泥土
千里梦牵只为亲吻母亲指尖
伸开双臂
用我微弱的身体来把你温暖
捧起雪水
用你的乳汁亲吻你沧桑的脸
额头触地
感恩母亲感恩长江感恩圣山

各拉丹冬：是长江的发源地。各拉丹冬突耸于青海省西南部青、藏边境，系由一大片南北长达50余公里，东西宽约30公里，攒聚约50余条巨龙般之山岳冰川群所组成，海拔6621米。冬季，这里是冰雪的世界，山上山下，银装素裹，夏秋季节，烈日炎炎，冰消雪融，山下草原上盛开着五颜六色的野花，姹紫嫣红，草原上点缀着成群的牛羊。

叩问西藏

静坐拉萨红山
头顶漫天云起风卷
朵朵洁白舒袖悠闲
白云
可否忧愁可有恩怨

云说
我从一滴水汽走来
负累不起坦然放下
看轻
何来忧愁何来恩怨

深邃天空
湛蓝颜色不起波澜
容纳黑夜容纳白天
蓝天
是否迷茫你的视线

蓝天说
不为功利物欲羁绊
笑看沧桑物外超然
看淡
静心种植心灵湛蓝

高山目睹乾坤变幻
经历斗转星移涅槃
沧桑岁月万年沉淀
高山
难道不想插入云端

高山说
根基决定我的高度
得失随缘心无增减
无欲
喜看来年山花烂漫

世俗名利积存枯枝
欲望沟壑不断加宽
沉重托起负累行囊
放下
才能获得自由徜徉

在湛蓝中清理枯枝
在白云中如释重负
在高山中超脱淡然
无求
清空心灵自由蓝天

前藏和后藏：前藏以拉萨为中心，后藏以日喀则为中心。清政府分别册封达赖喇嘛和班禅额尔德尼，形成达赖掌管前藏、班禅掌管后藏的格局。但随着时间的推移，拉萨无论在人口，还是文化方面都远远超过日喀则，成为西藏的中心。前藏与后藏之间的交通枢纽就是江孜。江孜是日喀则地区的一个县，曾经是西藏仅次于拉萨和日喀则的第三大城镇。现在的江孜主要以宗山城堡遗址、白居寺十万佛塔、帕拉庄园等旅游景点闻名。

朝拜

头顶
是蔚蓝的天
脚下
是圣洁草原

远方
是连绵的雪山
身旁
是圣水在蔓延

前方
转经者匆匆的脚步
回眸
手持佛珠轻轻诵念

举起
是虔诚的信仰
放下
是无私的杂念

合十
不知道有无神仙
跪拜
祈求一个小心愿

仰头
祈求神灵的度母
跪拜
为家人祈福平安

闭目
相信神灵的庇佑
睁眼
渴望母亲的平安

磕头
触及每一个神灵
膜拜
愿生者永远安康

朝拜：在藏传佛教盛行一种虔诚的拜佛仪式，又称为磕长头。信徒们遵循这样的程序：首先取立正姿势，口中多为诵六字真言，读作"唵嘛呢叭咪吽"，一边念六字真言，一边双手合十，高举过头，然后行一步；双手继续合十，移至面前，再行一步；双手合十移至胸前，迈第三步时，双手自胸前移开，与地面平行前伸，掌心朝下伏地，膝盖先着地，后全身伏地，额头轻叩地面，再站起，重新开始复前。

西藏，我不敢

我不敢
不敢在西藏大声呼唤
因为
雄鹰翱翔的下面
是一片远离尘嚣的净土
头顶三尺就会有神灵显现

我不敢
不敢攀登西藏的山
因为
腾云的感觉如天上人间
脚下飘过朵朵白云软绵
我怕一脚踏空回到前世原点

我不敢
不敢看西藏湖水湛蓝
因为
圣湖倒影中长发的女子
那张写满清纯羞涩的脸
也许让我静静等了千年万年

我不敢
不敢说西藏颜色斑斓
因为
无处不在的五彩经幡
写满多少虔诚和执着

就有多少美丽传说和震撼

我不敢
不敢在西藏谈机缘
因为
错过分分秒秒的瞬间
也许前世苦苦的修行
错过了今生就再不会相见

我不敢
在西藏谈论前世情缘
因为
我挥手碰到的每一片云朵
就会留下一串离愁的伤感
岁月就会把我情思慢慢荡远

我不敢
不敢
在西藏说来生相约畅然
因为
已经寻觅到前世失落的伊人
我真不想再错过和你携手擦肩

我却敢
把冬日的暖阳期盼
融化仓央嘉措雪后的脚印
不要被铁棒喇嘛发现
多情的玛吉阿米
在八廓街茶楼里让爱圆满

仙女节：又名"天母节"，是西藏传统民俗节日，藏语称"白来日追"。每年藏历十月十五日，藏族信教群众手捧哈达、青稞酒，向安置在大昭寺外院天井中的护法主尊文武吉祥天母和松赞干布像敬奉朝拜。藏族妇女会早早起床梳妆打扮，煨桑祈祷，为女神敬献哈达，许下心愿。这一天，女性可以向身边男士甚至是陌生男士索要礼物或红包，而男士们一般也会"识相"地慷慨解囊，表示对节日习俗的尊重。

南迦巴瓦

有人说
我是一个温柔的少女
却很难目睹我的红颜
片片飘过眼前的白纱
常常会遮住害羞的脸

有人说
我是一块燃烧的雷电
温柔时天高风轻云淡
愤怒时霹雳咆哮如电
我双手一旦迅猛拍下
苍茫大地将为之震撼

有人说
我是一根刺天的长矛
拔地而起守江河山川
擎长枪会把天狼射穿
俯瞰人世间沧海桑田

有人说
我是通往上天的门槛
天梯把今生来世相连
狭窄的通道头顶盘旋
万物生灵生死间轮换

我只是
天上掉下来的一块石头
守在滚滚雅鲁藏布江边
信徒们点起堆堆的煨桑
那是对我的敬畏和祈盼

我只是
一条上天赐予人间哈达
千百年不变洁白的颜色
我是穿梭天地轮回信使
传达生灵转世天上人间

我只是
一个天地冰清玉洁少女
外刚内柔性格从不改变
相思旗云从我心中飘起
那是我对你深深的爱恋

我只是
一座有血有肉皑皑雪山
为爱已经等了你千万年
牵手的承诺仿佛在昨天
我愿在此再等你万万年

南迦巴瓦峰：是中国西藏林芝地区最高的山，海拔7782米，其巨大的三角形峰体终年积雪，云雾缭绕，从不轻易露出真面目，所以它也被称为"羞女峰"。南迦巴瓦在藏语中有多种解释，一为"雷电如火燃烧"，一为"直刺天空的长矛"，还有一为"天山掉下来的石头"。后一个名字来源于《格萨尔王传》中的"门岭一战"，在这段中将南迦巴瓦峰描绘成状若"长矛直刺苍穹"。由这些充满阳刚的名字里，我们大概也能揣摩出南迦巴瓦峰的刚烈与不可征服。

若有来世

若有来世
请许我一段时光
让我静坐在梵钟旁
聆听前世不懂的经文
闭目在烟雾中轻吟低唱
木鱼轻敲我那颗疲惫心房

若有来世
请许我一段时光
约会在缘分的天堂
与心爱卓玛不期而遇
擦肩明眸不在东躲西藏
让相思之苦撒向万里羌塘

若有来世
请许我一段时光
陪你迢迢朝圣脚步
蹚冰河翻越雪域山梁
在三步一叩虔诚祈祷中
亲吻大地寻找佛祖的方向

若有来世
请许我一段时光
让我摇动所有经幡

把隆达撒满天际苍茫
轻轻拂去所有世人疾苦
让幸福花儿开遍人们心房

若有来世
请许我一段时光
拨开心间层层迷雾
把那颗信仰明灯点亮
以安静的姿态笑看人生
素履布衣把湛蓝天空仰望

若有来世
请许我一段时光
远离浮躁旋涡贪念
在青草竹林茅舍溪旁
赏尽百花看漫山雪飞扬
清茶一盏品尽岁月幽幽香

萨噶达瓦节：又称佛吉祥日。时间是藏历四月十三至四月十五日，它与佛陀一生中三件重要的大事联系在一起，即：诞生、成道、涅槃，是个三期同庆的吉祥的日子。在此期间，笃信藏传佛教的藏族群众，都要以转经、烧香、吃斋饭、放生等形式纪念他们心目中的佛祖释迦牟尼。而在宗教吉日放生，更是一件善事。因此在拉萨河，人们集结了壮观的放生队伍。

王晓军 1968年出生，1986年从河南新安县入伍，在战略火箭军从军20年间，4次荣立三等功，先后有1800多件新闻、文学作品在全国、省市新闻媒体发表，《点击士官再就业》一书3次再版。2007年惜别少校军衔，转业到辽宁省直单位工作。2013年开始，连续6年在海拔4600米的西藏那曲地区援藏，深爱第二故乡，渴望用一腔热血融化雪域冻土，用一份真情点燃高原希望，用一首心曲唱响万里羌塘。